나비는, 날개로 잠을 잤다

나비는,
날개로 잠을 잤다

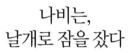

최형심 시집

아시아

시인의 말

어느 날, 가파른 벼랑을 내려오자 문이
하나 나왔다. 문틈으로 내비치는 환한
햇살이 은빛으로 테두리를 만들고 있었다.
망설이며 문을 열자 마침내 아무것도
보이지 않았다.

나비는, 날개로 잠을 잤다

제3부

제1부

보리멸의 여름

나의 노래는 은색 휘양을 두른 유월의 바다 위에서 왔다. 모래무치를 묻은 발아래는 적란운…… 외가지에 드리운 실잠자리 주검에 뒷머리를 앓는 아이가 물 위를 떠갔다.

해루질에 지친 몽상가의 아이들과 등롱을 걸고 할미울에서 물그림자를 길어 올렸다. 도르래를 타고 곡식들이 키를 늘이면 주화 속 첨탑으로 걸어 들어가 저녁종을 칠 거야.

고래와 구름 사이로 신들이 내려와 늘 푸른 생선이 소녀들처럼 나이를 먹었다. 뭍사람들은 폐허가 벗어놓은 햇살 쪽으로 가서 눈이 멀었다.

가벼운 신을 신은 전령사들이 수림樹林에 청무를 심을 때면 쉬이 해거름 오고 일곱 국경 너머 숨비소리 들려왔다.

농막에 어린잎들이 엎드려 잠들었다고 펄밭의 물고기좌에선 외뿔을 가진 점자들이 점점이 섬을 이루었다.

푸른 촉에 물오르는 소리를 들으며 천정ㅈ#에서 밤마다 별빛 이삭을 주웠다. 별을 남의 식솔들처럼 헤아리며 나그네새는 꽃밥을 비웠다.

몽고지를 저어 닿지 못하는 나라…… 그리운 어족들과 바다풀 집을 짓고 싶었으나 부레를 잃은 애벌레로 청보리밭에서 눈을 떴다.

심해어들과 나란히 누워 부조리극에 초대된 시인처럼 함부로 살았다. 여름이 가자 나의 빈 껍질 속으로 크고 작은 문장들이 들어와 오래 머물다 갔다.

견자見者의 편지*

　오늘 양귀비꽃의 도시를 보았습니다. 발자국 다섯 개와 칸나의 지도 한 장 들고 사막을 지날 때였습니다. 구두를 벗어놓은 쪽으로 환절기가 도래하고 지도 위의 거짓말들이 태풍의 눈처럼 깊었습니다.

　견딜 수 없는 모자를 쓰자 빈 병은 더욱 선명해지고 알약은 순수해졌습니다. 여우에게 밤의 눈매를 빌려 헤어지는 시늉을 하면

　대상의 행렬이 삽날 스치는 소리에 세련된 무릎을 다듬었습니다. 민무늬의 뿔을 가진 숟가락은 아름다웠을까요. 타인의 방향으로 저녁이 와서 순해지는 나의 넝마를 빨았습니다.

　목 깊숙한 곳에서 사과가 열리는 소년을 알았을 때 사막의 샘엔 첫눈을 뜬 소금쟁이들과 착한 모래뿐……. 여름과 일요일이 교차하는 지점에서 눈이 멀 것 같았지만

행려병자처럼 야자수를 닮은 눈썹을 머리맡에 두고 열대에 깃든 물고기를 기다렸습니다. 양귀비 꽃그늘에서 주머니처럼 깊어지는 백지를 팔던 날들…… 나비들이 도둑떼처럼 몰려와 우물이 동쪽으로 깊어졌습니다.

이제 모세혈관은 모두 눈물샘 아래 고여 있습니다. 개찰구 너머 오래된 풍습으로 고양이는 늙어갑니다. 이 별에는 일곱 번 이별하는 여자가 미결서류를 팔고 있습니다.

* 프랑스의 시인 랭보(1854~1891)가 자신의 '견자 시론'을 담아 지인들에게 보낸 편지.

천 개의 고원

새벽이 정강이에 차오른다. 바람의 몸에는 하얀 냄새가 났다. 백합을 품은 들판을 언제 지나왔나. 먼 불빛이 창문을 열어 나의 맨발을 초대하던 밤,

밤새 걸어온 새벽에게 발자국 하나 떼어주고 왔다. 이마를 파랗게 물들인 행렬이 나를 지나쳐 갈 때, 열대에 다다른 순례자의 무리는 숲으로 사라졌다. 눈을 감지 않아도 슬플 수 있겠다.

별이 빠져나간 들판을 나와 콧등에 겨울을 얹었다. 빈강을 건너 돌아가는 소작농의 푸른 어깨가 젖었다. 들풀에 기댄 천 개의 심장이 깊은 밤 속으로 검은 말들을 놓아주었나. 나의 폐허와 고요 사이가 환했다.

공복에 청등靑燈을 내거는 사람은 겨울의 창문을 열지 않았다. 저녁의 눈썹 아래 잠들었던 지명들이 화목난로 속에서 타들어갔다.

삽으로 옮긴 이름을 기억하고, 가장 긴 그림자를 골라 묻었다. 선량한 죄인으로 사물과 사물함 사이를 걸어갈 수 있을까.

나의 윤곽이 천 개로 나뉘었다.

침목枕木의 시간

　나의 기관차는 오래도록 여기 머물게 될 것 같습니다. 화부의 신발은 한밤에도 쉭쉭거리고 정해진 노선이 없는 이곳의 기차들은 먼저 녹는 지명을 향해 갈 뿐입니다.

　얼음사원에 청동 종소리를 공양하는 새들은 날개가 없습니다. 느리게 달려온 일반실 커튼이 혼자 흔들립니다. 얼어붙은 하늘이 푸른 벨벳 위에 몸을 숙이고, 눈보라 치는 사원에서 종아리가 붉은 시종이 밖을 내다봅니다.

　백발의 여인이 비단고치 속 이야기에 넌출넌출 색실을 감으면 창밖에서 폭설이 내밀한 부리로 저녁의 깃털을 다듬고

　장래희망을 물을 때면 청어라고 대답하던 소녀는 까치발로 다다르던 은밀한 책들 사이에서 길을 잃었습니다.

쇄빙선처럼 흰 달의 모서리를 떼어 유리벽 속으로 들어갈까요. 숲이 바람 부는 쪽으로 떠난 뒤, 벽 없는 집으로 서 있으면

세 개의 계절에 눈 내립니다. 왜 비질하는 소리에 자주 넘어질까, 빙점에 이른 기차가 밑그림 속으로 흘러갑니다. 야간비행에서 돌아오지 않은 어린왕자의 이름이 물항아리에 고입니다.

목탄으로 그린 밤과 낮을 지나왔습니다. 자정을 떠난 초침이 새벽의 분침 곁을 스쳐가고, 침목의 개수를 헤아리며 철로를 따라 시간이 흘러갑니다. 마을에는 둥글게 눈이 오고 무량한 적막이 역사驛舍까지 내려와 서성입니다.

편난운

빨래는 은유가 아니어도 좋습니다.

아이가 이불보 뒤에서 웃었습니다. 어떤 때는 엄마가 부르고 어떤 때는 엄마가 부르지 않았습니다. 헝겊조각 두 팔이 허공에 물리고 눈먼 비단나방이 고요를 감아올렸습니다.

전설에 물든 봉숭아 꽃잎이 이불깃을 헤치면 이내 붉어진 노을이 이부자리 아래 누웠습니다. 함부로 지는 일이 일과인 꽃들이 소나기에 젖은 괘종시계 속 물 젖은 숫자들을 헤아립니다. 낮달이 내려오는 정원엔 안으로 자라는 나무의 요일이 있습니다.

북벽에서 뼈들이 달그락달그락 요의를 느낄 때, 아이는 아홉 번의 여름을 건너지 못했습니다. 마침내 식은 속날개를 위해 바람이 사소한 고도로 공중의 바깥을 들었을까요. 늦은 오후, 제 그림자를 느리게 먹으며 거미가

가고 있습니다.

　빨래는 죽지도 살지도 않아서 좋았습니다.

　바람이 수고로운 풍경을 걷어가고 있습니다. 골목마다 분화구들이 생기고 하얀 소매를 당기며 여름이 가고 있습니다. 슬픔이 많은 양서류들이 뭍을 떠나고 있습니다.

전족纏足

    눈이 내리면 늙은 기녀는 성긴 머리를 쓸어내린다. 첫눈에 묶인 발자국이 봄 술로 익을 때까지 눈썹을 접어 한 켠에 둔다.

    차갑게 숙성되는 발자국을 위하여 붉은 눈의 남자들이 술을 데우고 있다.
    흰 발등을 닮은 달이 뜨면 필경사를 부르러 가는 여종이 유리종을 흔들고

    돌난간 위 행려병자들이 먹물에 대고 판각된 별을 희게 베끼고 있다.
    밤의 경계에서 젖을 빠는 늙은 항아들이 민무늬토기처럼 순수해지고 있다고 청노새는 능묘 곁에 편자를 내려놓는다.

    겨울에 유배된 내실의 내력이 미약에 취한다. 비파를 타는 서풍의 서녀들이 현 위에 얹어놓은 밤을 당길 때

바람이 등불 위에 한 겹 붓자국을 덧칠한다. 기녀가 화첩을 밀어내면 철 지난 책들이 늙어가고 금련金蓮은 손톱 위에 서리로 덮인다. 추위는 발자국의 반대 방향으로 익어간다고 필경사는 회고담을 집필 중이다.

객잔에선 어린 아비들 면발처럼 풀어져 바람의 방향을 묻는다. 천축天竺에서 온 사내들이 하얀 모래밭을 서걱서걱 외우는데, 푸른 방울소리를 매단 연꽃이 얼음의 가교 위로 미끄러진다. 눈먼 겨울나무의 전언이 우수수 떨어진다. 홍등이 거리까지 나와 배웅하고 있다.

윤달을 비켜간 회화나무가 푸른부전나비의 부음을 듣는 밤, 풍장한 짐승들의 촉이 달을 빠져나오지 못한다. 천공의 상처들, 고열을 예비한다.

담벼락 아래 냉기 빠진 발자국이 꾸물거린다. 걸음 하나가 전족에서 풀려나고 늙은 기녀의 발에 물이 오른다.

예미리의 겨울

무수한 날들과 헤어진 백발의 사내가 햇빛을 당긴다. 고요를 탐한 사람이 사람을 지우고, 겨울의 계보에는 백기를 든 나무들만 서있다.

창문 아래 나라에는 사르륵 사르륵 작업복이 자라는 소리. 허공에 두 손을 물린 아이들이 한쪽으로 몰려가는 겨울을 만진다. 눈꽃 아래 책들은 사견私見을 가질 수 없다고 국수를 삶는 여인들이 사다리를 하늘에 걸고

동사무소에 간 적 없는 양떼들, 공중에 뜬 공중이 된다.

산정山頂에는 기침소리, 산 아래는 수요일을 몰고 가는 아이들…….

천 개의 눈을 가진 식자공이 오후의 사육제에 당도한다. 결계結界 밖으로 걸어 나온 강의 실금이 새들의 귀를 겨누고 있다. 짐승들이 묘지 옆에 착하게 눕고 새들은 빈

그릇에 고인 반향反響을 쪼아 먹는다.

　저녁 종소리에 천공의 흰 별들 부서진다. 은모래로 입
안을 헹군 아이들이 겨울강 위를 흘러 다닌다. 송어떼가
빛나는 타일 같은 저녁을 구우러 올 것이다.

호금胡琴

슬픔이 많은 동물은 덩치의 오 할이 감정이다.

저녁의 가업을 반올림하며 여인들은 마두금 타는 소리에 머리를 잘랐다. 차가운 편자들이 천막과 천막을 지나 늙은 낙타의 눈썹에 달리고

내벽에는 연인들이 밀어낸 밀어들, 바람에 헹군 세간들과 둘러앉아 수테차를 마셨다. 둥근 방에 앉아 여러 생을 돌아서 오는 어린 낙타의 발소리를 들었다.

비천무飛天舞를 추는 새들 위에 누가 밤하늘을 뚫어놓았나. 양떼들이 그을음 위에 그을음을 올리고 별의 궤적을 오독했다. 두 개의 현 사이에서 모래산들이 켜켜이 쌓아올린 밤이 완성되고

짐승에게는 시詩가 필요했다. 파란 이마의 여인이 몸을 말고 울림통 속으로 들어간 후, 악사들은 오래 기른

눈썹 사이에서 길을 잃었다.

서로를 의심하지 않고 두 줄의 현을 건널 수 있을까,
고삐를 놓은 사내들이 빈둥거리고 있었다. 음악은 점선
처럼 성실하게 사막에 묻힌 어린 몸을 만졌다. 길들일 수
없는 길을 걸어온 검푸른 소녀들의 비단이마엔 말발굽
을 모아 모닥불을 피운 흔적들……

사막에 서면 가난한 이들은 모두 동갑이었다. 이정표
가 된 죽음을 따라 룬으로 떠나는 여인은 무명지가 없었
다. 나는 하지 근처의 벌목공처럼 헐벗었으므로 목초지
의 목관악기처럼 울었다.

모래 능선 하나가 일어나 마두금의 현 위를 걸어갔다.
졸고 있는 모닥불 옆 돌무덤에 심연 하나를 괴어주었다.

흰 눈썹 위의 풍습

　삼나무에 내리는 눈*을 사랑했네 삼나무를 발음할 때 나는 앞머리가 없었네 눈이 오지 않아도 암스테르담행 기차를 탔네 당신은 아직 도착하지 않았는데 나는 긴 낭하廊下에 갇혔네 눈발은 점점이 잠을 이루고 나는 삼나무와 그리워하다를 자주 헷갈렸네 심지도 않은 삼나무 사이로 조무래기 풍습들이 내리고 우리의 청춘이 밀서처럼 다녀갔네

　우리는 스물여덟 덜 떨어진 청춘들 신림엔 삼나무도 없어 우리는 귀퉁이 떨어진 법서들처럼 서로를 사랑했네

　밤의 밑그림 아래를 눈발이 서둘러 떠나고 영성체를 모신 소녀들이 흰 꽃처럼 돌아눕는데, 하얀 눈썹으로 당신을 그린 날이면 나를 모르는 내가 무명의 목어로 자꾸만 넘어지네 밀실까지 밀려드는 눈 오는 거리를 차마 떠나지 못하네

무운시無韻詩를 외운 물별들에게 안부를 묻는 안쪽, 습한 사물에겐 사물함이 필요하다고 절대치를 가진 나무와 바람과 나를 나누었네 눈 감지 않은 물고기의 잠이 문장에 내려오는 날에는, 알약을 삼키지 않고도 하얗게 둥글어지는 무덤가에서 산짐승을 수습한 밤이 자주 묵어갔네

　폐어廢語의 나날도 가고 조무래기 별들도 가고 그리하여 이제 삼나무에 눈은 내리는데, 외눈만 가지고 내가 못질도 없이 깊어지네 당신의 방에는 삼나무의 배꼽들 둥글게 실눈을 뜨며 내려오고

　유순한 눈발이 아직 지상을 떠돌고 있는데 겁이 많은 건달들이 소년을 숲으로 데려갔네

　국수를 먹은 저녁에는 품속의 풍속들 하얗게 비늘로 덧나는데 수런수런 설레던 수련睡蓮이 빗장을 걸고 있네

나의 지붕에는 당신을 다르게 말하기 위해 등이 굽은 사제들이 살고 있는데, 그리하여 삼나무에 눈은 내리는데 당신은 흰 날개를 타고 눈썹을 넘어오네

* 데이빗 구터슨의 소설

세 개의 발을 듣는 저녁

씨클로가 소로小路를 따라 달리고 있다. 발톱처럼 깎이는 새들과 빈 옷걸이에 걸린 내 발은 아직 푸른빛이 아니에요. 소녀의 비대칭이 운전사의 물먹은 담배를 본다. 짧은 다리를 버릴까요, 긴 다리를 버릴까요? 발췌한 흉터를 외우며 바퀴가 간다. 인력거에 앉으면 장마전선에 탑승한 허름한 소파 같아.

붉은 예복을 입은 여인들의 오래된 가계에는 서로 다른 이름을 옮겨 적은 흔적들……. 바닥에 두 발이 고요해지는 소리를 그리다 이름이 긴 양들을 지나쳐 갔다. 기울어진 지구본을 오래 들여다보면 누구나 이방인이 되는 이 세계의 문법은 무거운 쪽으로 기우는 것, 늙은 개의 하루에 새떼의 기분을 심어준다.

고요에 한 발을 올리면 사방에는 짧은 발이 자라는 소리, 붕붕 뜨는 소리……. 장미가 장마의 수족을 적시고 중국인 거리에서 붉은 꽃이 떨어진다. 창유리 아래 한 발을 감춘 새들은 무형의 몸을 늘리고 있을까.

다정한 뼈들이 모여 쌀국수를 삶는 저녁, 불가능한 숟가락과 불가피한 말들이 혀를 녹일 것이다. 저무는 창밖, 배를 밀며 가는 아이의 긴 허물이 처마 밑에 걸린다. 어둠이 다 읽지 못한 책을 덮어준다. 씨클로가 유랑의 속설을 알지 못하는 외길을 따라가고 있다.

봉천奉天

개울에서 태양의 편자를 줍는 아이들이 춤을 춥니다.

말발굽이 길어지고 비눗방울 속에 가둔 시계가 날아
오릅니다.

둥근 뼈를 가진 달동네 꼭대기에

쪼그리고 앉아 울고 있는 별들

세공사가 밤의 청력을 빌어 내리막길을 열고 있습니
다.

낡은 장판에 누워 죽은 비단벌레의 이야기를 들었습
니다.

마을 둘레에 청자색 밤의 궤도가 놓이면

두 개의 거울 사이에서 세상을 탕진한 악사들이 술을
마셨습니다.

걸으면 생겨나는 폐허들

빨간 우체통 곁에서 수수께끼를 실은 기차들이

한 방향으로 세상을 속이고 있었습니다.

청명에는 두 손을 모아두고 간 사람들을 기억했습니다.

여름의 포도원을 지나 혀 안에 머무는 피톨을 헤아리면

골목마다 대신 첫사랑을 앓아줄 사람을 찾는

구인광고가 나붙던 밤,

고요에 몰두한 머리들만 홀로 밥상 앞에 앉아

손목에 검은 선을 그었습니다.

태양을 등진 것들만 별이 되는 곳,

아무나 무지개가 되는 하늘 가까운 마을이었습니다.

겨울을 교환한 연인들이 나란히 두 개의 계절을 버티며 서 있었습니다.

투명한 절망으로 가득한 허공은

진화하는 법이 없었습니다.

쐐기풀 무성한 달빛 공동체,

천형에 다가가 시를 쓸 때면 윗입술만 남았습니다.

마가목을 닮은 사내들은 공중그네를 밀며 마을을 떠나갔습니다.

우산에 감염된 이들이 슬레이트 처마 밑에 모여 살던 첨탑이 하나도 없는 마을이었습니다.

환幻

혼탁한 시계에 이르렀다.

여윈 짐승의 행렬이 느리게 일어선다.

하나의 심장과 세 개의 머리로 생각하는 동안 이곳은 늪지,

편광으로 눈이 열리고 외발로 환상향에 이르렀다.

물색 위로 그림자가 고개를 들면

세 개의 세계가 분열한다.

삼두三頭매는 편백나무 숲을 가로질러

머리가 없는 발로 내려앉는다.

은빛 날개가 고래들의 묘지를 지나 결계에 이른 후

가장 어두운 혈관을 뽑아 보라색 발톱을 준비한다.

연질의 천체에서 열 개의 태양이 녹아내린다.

땅이 불타오르는 자리에서

아홉 개의 화살을 쏜다.

하나의 영혼을 셋으로 갈라 불사의 천체를 사냥하는 일,

한자리에서 자란 구체가 한 방울의 물방울로 떨어진다.

배가 청회색으로 젖어온다.

초조해지는 부리를 갈다 말고

하늘을 젖히고 어둠의 안으로 날아간다.

짐승들은 세 군데의 방향에

죽음을 풀어놓은 생이어서

운명의 패를 셋으로 나눈 문맥과 마주한다.

청회색으로 배를 가르면 속죄의 내장에서 가벼운 졸

음이 묻어난다.

세 개의 머리가 서로의 눈꺼풀을 감겨주며

녹색으로 병들었다.

하나의 무릎을 꿇고 세 가지로 반성한다.

천공을 둘러싼 껍질의 이면,

밀랍 물고기의 몸에는 어부의 눈이 돋고 있다.

종일토록 달고 차가운 모래 속에 머리를 묻는다.

아흐레의 한나절을 위하여 장밋빛 알몸이 머리 하나

를 훔치다, 라고 기록한다.

폐허가 된 청동의 세계와 둥근 돌을 깔아놓은

신神의 겨울에서 이 모든 것은 시작되었다.

인간의 마을이 머지않아 도래할 것이다.

제2부

철학자 고양이

저녁은 설탕 밟는 소리를 내며 왔다.

낡은 사진틀에 갇힌 방법론에게는 저녁으로 돌아오는 외눈이 필요했을까. 일요일, 발톱만 한 이름을 가진 이들이 대야에 구름을 담고 있었다. 주인 없는 무익한 발이 자주 붉어졌으므로

인간과 노을 사이에 철학자가 있었다.

헌금함에 버려진 태양은 오랫동안 연체되었지만 고양이는 시간을 잡아먹으며 자랐다. 사소한 비린내도 없이 꽃잎이 낭자했다. 저만치 핏빛 창문 속으로 흩어진 날벌레들에게도 그리다만 귀가 있을까. 구름이 담긴 대야에 빗물이 깃들지 않았다.

석양에는 발자국을 뒤집으면 꽃잎이 되었다.

시간 속에서 누구나 익명이 되었으므로 철학자는 폐

달을 밟지 않고도 해바라기 속으로 들어갔다.

채식주의자들이 푸른 수레를 밀고 가던 배수탑 근처, 적막에 저항한 흔적이 생겨나고 있을까. 비상등을 켜고 비상할 수 없는 것들만 여름 한낮의 표정을 지우고 있었다.

밤의 학문이 목덜미를 물었지만 철야제에 가는 무리들은 아무렇지도 않게 앙가발이 걸음을 내려놓았다. 밤과 낮으로 이루어진 눈티 위로 구원이 봄날의 포자처럼 날았다.

철학자의 오후가 오래전에 붉은 고양이의 곁을 떠나갔다.

저공비행

조용한 사람들 곁에는 조용한 봄이 와서 머물렀다. 낮은 목책에 와 울음냄새를 맡아볼래? 이마를 타고 흘러내린 소리에 인적 드물어지면 무거워진 물방울들이 수호초 곁을 떠났다.

수학자들의 날에는 곡선에 맞춰 하루를 보냈다. 지구 반대편만큼 먼 별이 또 있나…… 발바닥을 자주 내려다보았다.

묶음을 짚은 어릿광대들, 옆걸음으로 천년을 가서 은비늘 아래 들 수 있을까. 하절夏節에 이른 자들의 이름이 길어지고 있었으므로 아이들은 오월의 행성들처럼 기차를 타러 갔다.

새들의 계절에는 청란靑卵을 품은 나무들이 계단의 표정에 다가가 앉았다. 낮은 물자리 위로 나비의 숨소리가 내려왔다.

이안류에 쓸려간 화요일처럼 휘파람에 굽어진 할미새
가 골목 안을 들여다보았다. 풀숲이 불쑥 푸른 혀를 내
밀어 계절이 없는 이들의 이름을 부르는 곳,

물수제비를 뜨는 저편에서 밥 타는 냄새를 맡은 고양
이가 한쪽 눈을 감는다. 까만 젖꼭지에 물린 그리운 계
급들 보리밭으로 가고

아무렇게나 머리를 허공에 꽂으며 사람들은 슬픔이
발보다 크다 했다. 종이상자 안, 언제라도 떠날 수 있는
사람은 어디도 가지 않았다.

나의차용은 양들을사러
마켓에간다*

새떼가 잿빛 고양이의 눈을 느리게 감기고 있다. 어두워질 수 없는 얼굴 하나가 생겨난다.

마음을 나온 거인은 장대 위에서 물구나무를 선다. 하나였으나 둘로 나뉜 방이 있다. 양초를 켜면 일렁이는 철학자가 일어난다. 목덜미에 침묵을 두른 그의 분신이 누워 있다.

외면을 차지한 자 : 나의 영혼은 나의 주변을 나온 발작입니다. 이제 몸은 굳어 머리로 걷습니다. 그리하여 나는 은빛 생각만을 공중에 띄울 수 있습니다. 상한 샘물처럼 달밤이 오고 당신의 건너편이 불타오를 때, 우리의 고요한 수면으로 뛰어드는 불꽃과 그 그림자가 꺼지듯 만나는 것을 봅니다. 수면 안과 밖이 고요한 피막으로 갈리고 있습니다.

내면을 나온 거인 : 꿈밖에서 슬픈 이들이 나 대신 너

를 알아보는구나. 죽음의 내면이란 온도 밖에 서서 울음을 측정하는 것. 공포를 기다리는 나의 피안은 몸이 몸을 배반하는 구역인가. 저기, 얼굴은 괴로워하는 표정에게 자리를 내주고 있구나. 영혼은 육신의 차용……. 나의 예각 안에서 오래도록 지지 않는 다정한 빈자리가 생겨나고 있구나. 육신은 영혼의 차용…….

외면을 차지한 자 : 저녁마다 육신은 긴 줄을 타는 거미처럼 더러 어두워지는 것입니다. 내 몸의 고요를 깎아 나의 잔등을 타는 외로움을 생각합니다. 조용한 식탁에 둘러앉아 양손에 북서풍을 쥐고 잘 있거라 불꽃이 흔들릴 때, 굳은 의자마다 꽃들이 놓이고 나무의 자리에는 늦은 이야기만 남아 있습니다. 이제 내 곁에 와 나란히 눕는 나, 그리고 나.

내면을 나온 거인 : 주인 없는 잠이 타인을 빠져나오

는구나. 너를 둘러싼 방위는 모두 불면이 되고 갑충들 느릿느릿 새어 나온다. 숫자가 붙지 않은 날들이 거북등에 올라 사라나무** 숲으로 가는구나. 침묵으로 말하는 자, 이제 한 벌의 감옥을 벗으라.

한생의 네 귀퉁이를 봉인하기 위해 못들이 내면을 헤치고 있다. 누가 겹겹의 고요를 접고 있나. 거인은 어둠의 형식으로 발견될 것이다.

* 최치언의 희곡 「나의처용은밤이면양들을사러마켓에간다」에서 차용.
** 부처가 열반(涅槃)에 들 때 사방에 있었던 나무.

두 개의 심장과
두 개의 목소리를 가진

　자신의 말틈에서 죽음을 맞는 부족이 있었다. 그들은 아이들이 태어나면 서쪽에 머리를 두고 서풍의 발음으로 이름을 붙여주었다. 부모는 세 개의 눈을 가지고 있었고 아이들은 열쇠를 입에 물고 잠들었다는데…….

　어느 해 자신의 말에서 죽음을 맞는 부족에게 겨울이 다섯 번이나 찾아왔다. 나무들은 목판이 되고 책들은 점점 커졌으므로 사람들은 목판에 새겨진 보폭을 세었다. 한겨울 속에 완강한 이름들을 버려야 했다.

　이윽고 겨울에서 풀려난 그들은 산양자리 뿔에 다친 뒤꿈치를 열 번의 계절풍으로 헹구었다. 이마를 바위에 대고 한낮의 햇살들을 말리고는 고독한 장미에게서 색깔을 빌렸다. 햇빛의 달에 흰 뿔이 가지런해지고 복숭아뼈가 붉어졌는데…….

　시간의 저편, 자신의 심장에서 죽는 부족 사람들은 심장을 두 개씩 가지고 태어났다. 어느 날 그들은 사수좌 아래서 휘파람 소리를 들었다.

　자신의 말에서 죽음을 맞는 부족 마을에서는 여러 겹의 꿈으로 돌돌 말린 여자애들이 말[馬] 등에 올랐다. 그들은 자신이 채집한 말[言]을 혼수품으로 꼭 껴안고 갔다. 자신의 심장에서 죽는 부족은 한 쌍의 심장을 가지고 신부를 맞았다. 말[言]과 심장을 하나씩 나누어 가지는 것으로 그들의 결혼식은 끝났다.

　두 개의 심장과 두 개의 목소리를 가진 아이들이 태어나자 이마를 그믐달 모양으로 씻어주었다. 심장이 왼쪽과 오른쪽에서 번갈아 뛰고 목소리는 서로가 대답하고 물었으므로 자오선을 타러 가던 아이들은 흘림체로 떠나갔다.

　두 개의 심장과 두 개의 목소리를 가진 아이들은 치유의 대답을 오래 찾아야 했다. 자신의 말에서 죽는 부족의 어미는 백발의 아이들을 위해 걸을 때마다 발자국 하나씩을 떼어주었다.

　늙은 어미는 제 입에서 완성하지 못한 말 하나를 남겨두고 오래된 말들을 다 토해냈다. 맨발의 전례를 따라 심장에서 죽는 부족의 아비는 맨발로 죽었다. 손가락과 손가락 사이에 끼인 날들의 일이었다.

　물오른 별들이 꽃잎을 해감하고 있다. 시간이 꿈의 속도에 맞춰 흘러가기 시작한다. 시간의 서열에 혀를 대본다. 백발이다.

법국法國*의 처자들

(석 달 열흘 아편을 피웠다. 창밖으로 법국의 처자들이 지나가는 왜관倭館의 어느 골목이었다.)

인력거꾼의 눈빛은 처음부터 여기 살지 않았습니다. 나는 조계지의 이양선들마냥 고독해집니다.

삽살개가 버즘 가득한 아이들을 따라 저녁의 담벼락을 핥습니다. 처음 보는 꽃들이 고봉밥처럼 피었습니다. 질그릇에 낙숫물 듣는 소리를 주워 담으며 청국의 기녀들이 지나갑니다. 탕아들, 꽃밭에 무너져 태양과 내통 중입니다.

목각인형을 안은 하역노동자들이 지나갑니다. 침묵을 금과 맞바꾼 처녀애들이 돌아봅니다. 그늘에 묵어가는 이들이 찬물에 밥을 말다 말고 별리別離, 하고 부릅니다. 당신은 백년 후의 목덜미를 만집니다.

풋내가 가시지 않은 초가 아래 앉아 한 백년 당신을 기다려야 할까요. 욕창을 가진 노파가 등나무처럼 보랏빛으로 등을 돌리며 이승의 말을 옮깁니다. 아득히 치뜬 버들잎 아래 선염법渲染法으로 상처들이 번지고 있습니다.

묘석이 된 가슴을 만지며 천년이 이렇게 가도 좋은가, 길바닥에 젖을 물린 어미는 백발. 아이를 앞세운 여인은 혼자 저물어 바다가 되려 합니다. 죽은 자들은 죽어서 더 긴 이름을 가지고 있습니다.

신발 한 짝 안고 저녁의 집을 짓는 아이가 나비의 연장선을 따라 소맷부리로 날고 있습니다. 허공에 방생한 쇠물고기가 온몸을 부딪쳐 피로 번지는 이편, 천년 전에 당신은 나를 잊었습니다. 물새는 물속에서 슬퍼집니다.

청국의 배가 들어오는 날, 남포등을 켜는 서양식 호텔의 뽀이는 낯선 단어를 깨물더니 입술에 불을 붙였습니다. 미닫이를 당겨 이별하는 법을 먼 동방에 와서야 배웁니다.

입담배를 물고 산파들 희게 웃습니다. 당신, 저편에서 다시 태어나고 있습니까.

(하루, 이틀, 사흘, 그리고 다시 천년……)

* 프랑스

자청비*

　침묵이어서 거침없는 필체가 뜰로 번집니다. 적막한 한낮, 그리운 눈알들이 자라고 있다고 나의 눈먼 그림자에 당신을 섞습니다. 내게서 씻겨나간 당신의 눈웃음은 얼마나 차가워졌을까요.

　숲이 목을 늘려 동창을 드나들면 베틀에 머리를 누인 산마루의 몸빛이 서늘합니다. 비단으로 바람을 짓고 한 줌 씨앗 같은 숨소리를 심을 때, 책을 접고 눈향나무가 편애하는 방향으로 빈 배를 밀며 간 이를 알고 있습니다.

　이 세계를 견딜 수 없어 풍경이 됩니다. 나는 당신의 이물감……. 침묵이 은어떼의 등줄기를 숨길 때도 빗방울이 여름곡식 속으로 스밀 때도 늘 밤을 품었습니다.

　실핏줄로 한 폭의 삽화를 그립니다. 소년을 오르는 바람의 등을 본 것도 같습니다. 등 굽은 잔물결 아래, 수로를 따라 흘러갈 수 없는 것들만 하오를 나고 있습니다. 그늘에 든 이야기에 연둣빛 혀가 돋고 잠시 낮달을 손에 넣어봅니다. 서녘에 이르는 것들은 모두 맨발이라고

낮 안으로 담장이 지고 숲이 노을로 어두워집니다. 하나의 등불은 수면 위로 내걸리고 하나의 등불은 수면 밑으로 내려갑니다. 물뱀에게 혀를 물린 물의 저녁이 달의 모서리로 부풀어 오르면

나는 사붓이 말라버린 그늘……. 빈손을 헐어 별들을 짜다 보면 어슬녘 허기는 처마 밑 어둠의 무늬가 됩니다. 밤과 달이 등을 돌립니다. 어둠을 사이에 두고 당신과 내가 투명해집니다. 실뱀이 소리 없이 울고 이제 회유어의 무리를 기다립니다.

* 제주 설화 속 사랑과 농경의 여신

얀 브뤼겔 씨의 나비관觀

나비, 도마뱀, 파리,

나비의 나라에서는 나비매듭으로 관을 쓴다. 외로운 짐승 곁에 목화밭이 눕고 애벌레가 무중력 유리조각이 박힌 봄을 그린다. 늦봄이 깔려 죽은 산 아래가 긴 혀를 불쑥 내밀면 거미가 빈틈마다 뼈를 만든다.

나비는 봄날의 직업…… 포르말린과 불화할까요. 목에 앉은 푸른 나비는 마른 빵처럼 바스락거리는 표정을 가졌어요. 꽃들의 서약식에 늦은 기차표 위로 사소한 스무 살의 시침이 구겨집니다.

허공에 지난밤의 수신호를 그려 넣고 소년은 암소에게 가 울었다. 나비의 식은 육체를 그리며 일령 애벌레의 잠이 태엽을 감는다.

벗겨진 구두 속, 도마뱀은 흔들리는 꽃잎을 훔치다 말

고 맨발의 침묵을 문다. 꼬리 잘린 도마뱀이 바짓가랑이 속으로 들어간다. 길에서 피는 꽃은 붉다고 검은 비닐이 풍등처럼 날고 있다. 도마뱀은 반대편 바짓가랑이에서 나오다 실습용 죽음에 대해 생각한다. 제 눈을 닦는 혀를 가진 존재가 벨트를 지나, 부룩 같은 굳은 얼굴 위를 두리번거린다. 꽃꽂이 꽃처럼 잘린 꼬리는 주머니 속에 있을까. 주머니 속 쪽지가 불쑥 혀를 내민다.

파리들이 임계점에 도달하고 있다. 팽창하는 바위가 생겨난다. 개 짖는 소리가 선명해지는 오후 세 시, 지난여름 매미날개에 물그림자가 생긴다. 반쪽만 남은 땅짐승들의 세계는 해독되지 않는다. 푸른 포자를 가진 풀들이 눕는다. 검푸른 조문의 통신이 흩어진다. 검은 베일이 자라는 오후다.

화가,

손등이 터진 사내가 원색의 물방울을 뒤집어쓴 바람과 나무와 별들을 고른다. 풍경화의 멈춘 세계 속에는 풍경이 없다.

분홍색 누이는 식상하다고 뼈들이 닳은 공중이 맨살이다. 노상에 버려진 시간의 눈을 그릴까. 은빛 잎맥에 대고 피투성이 쌀알들과 거세된 채소들의 소식을 묻는다. 달을 찬물에 씻어야 할 차례다.

그리고 우리,

월요일에는 굽이 높은 구두를 신고 아프락사스를 발음합니다. 아니요, 우리는 7일 동안 아낙사고라스입니다. 나비에게 쫓긴 이름, 어두운 풍습이 내일을 틀어놓습니다. 홀수의 날에 와서 홀수로 떠납니다.

물 위의 잠

수물지대의 별빛을 무릎까지 끌어 올리고
나비는, 날개로 잠을 잤다.

좋은 꿈을 모으면

좋은 꿈을 모으면 먼저 식은땀을 배려하겠습니다. 나머지로 샛바람에 호박별 뒷물하는 소리를 흘림체로 받아 적고, 그러고도 남는다면 댓돌을 달래겠습니다. 앙숙인 디딤돌이지만 밖으로 내다버릴 무게는 아닙니다.

좋은 꿈을 모으면 도라지꽃을 섬긴 보랏빛이 흙의 잠 속으로 걸어가게 두겠습니다. 모래밭의 후회는 맹렬하겠지만 솔 그늘 다녀간 디딤돌 위로 잡설雜說 한 편이 분발하고 있겠지요.

좋은 꿈을 모으면 찡그린 눈썹 아래 동그란 현기증을 그려 넣고 길고양이의 신혼을 닮으라 하겠습니다. 실구름 끊어다 여우비 꼬리를 달아주고 누각으로 착지하던 낮달이 흘깃, 달맞이꽃의 늦잠을 물결 위에 눕혀주겠지요.

좋은 꿈을 모으면 흘레바람에 몸이 무거워진 수박에게 별들의 투명을 선물하겠습니다. 먼 산을 우려내던 연못이 잠시 햇살 살비듬을 털어내겠지만 거미줄에 걸린 침묵을 올려다보며 봉숭아 꽃잎이 원숭이경첩을 흉내 내고 있을 것입니다.

숫눈이 떼먹고 간 발자국 하나, 좋은 꿈을 모으면 하얀 고무신 밑에 괴어주겠습니다. 외꽃이 독신을 고집하겠지만 감나무 망루에 앉은 나비는 불란서 단어 하나쯤 잊듯 깜빡할 것입니다.

목각인형

목각인형은 눈썹이 없습니다. 눈알을 잃었습니다. 구멍 안으로 무심히 빈 들이 지나갑니다. 하역노동자는 턱이 없습니다. 길고 푸른 수염 자국이 가슴까지 내려와 있습니다. 오래전,

푸른 가시벌레가 목각인형을 떠났습니다. 목각인형이 짧은 옷소매를 당기지 않아도 산동네의 지붕들이 헝클어집니다. 목각인형은 뿔이 없었습니다. 하역노동자는 두 손을 타인의 몸에 묻었습니다.

겨울나무에 걸린 일곱 개의 손가락은 누구의 것입니까. 목각인형의 텅 빈 눈 속으로 겨울 숲이 내려옵니다. 푸른 작업복의 눈썹이 지워집니다.

목각인형은 목화솜의 기분을 상상할 수 있을까요.

하역노동자는 공중 높이 매달린 목 때문에 울 수 없습

니다. 라디오의 저녁이 가장 먼 곳의 모퉁이를 돌고 있지
만, 그는 새들의 이름을 지어준 적이 없습니다. 난로 위,
저지대의 밤이 눈꽃 지나간 자리를 둥글게 말리고 있을
것입니다. 등이 푸른 남자는 항아리에서 자란 청어를 생
각했을까요. 숫잠에서 깬 고양이들이 눈먼 목각인형의
정수리를 핥습니다. 버려진 속날개 아래 빨래들이 희었
습니다.

목각인형은 버려진 담배꽁초에 붙은 숨소리를 닮아갑
니다.
길을 떠난 사람은 길이 될 수 있을까요.

빈 유리병 속으로 내려온 물고기자리가 목각인형과
하역노동자 사이를 흘러 다닙니다. 겨울의 문장이 사람
밖에 사람을 그리고 있습니다.

분홍병사*

(어떻게 과녁에게 친절할 수 있지?)

밀림을 조율하는 것은 희박한 플롯, 분홍병사를 위한 역행렬은 없어요. 편식가를 위한 안내서는 아직 집필 중입니다. 연분홍 군모를 위한 거짓말을 준비하기 위해 고양이처럼 피로한 문체로 지우개의 신분을 생각하죠. 데뷔 지면을 물을 때면 기말고사라고 답해야 해요. 완벽한 슬픔을 전공하고 싶어 몇 개의 예문을 방수 처리된 눈물에 넣고 말았어요.

(어떻게 저렇게 착한 얼굴이 될 수 있지?)

나는 점선으로 이루어진 사람, 그리운 폐기물입니다. 분홍 어깨를 위한 적군은 없어요. 친절에 중독된 세상에는 손톱 밑에 남의 살점을 감춘 사람들이 살아요. 목에 신발끈을 채우고 창틀에 매달린 아이를 보셨나요? 날마다 반음씩 줄어드는 당신의 고막을 만질 수 없어요. 지독한 아가미는 연중무휴, 나는 장장長章 18쪽에 살아요. 나는 비늘이 되지 못한 각질, 달콤한 망막을 가진 병사입니다, 나의 미뢰味蕾는 말하지 못해요. 나는 소음 하나 들키지 말아야 하거든요. 밀폐용기를 배워야겠어요.

(내 책임이야 내 책임이야)

분홍은 피가 될 수 없는 색. 분홍은 꽃잎보다 가벼운 색. 그러니까 나는 창문 밖으로 떨어져도 됩니다.

(어떻게 죽은 자와 산 자가 뒤섞일 수 있지?)

불량품은 공정을 탓할 수 없어요. 몸이 몸을 열고 나갈 차례입니다. 눈금이 드문 자로 서로를 재는 교실, 추락하는 먼지들은 가볍지만 가벼워질 수 없는 것들이죠. 창문이 흔들려도 분홍병사 책임, 분필이 닳는 것도 분홍병사의 책임. 어느 저음을 가진 목요일 빈 의자에 갇힌

무채색 곡선이 흐느낍니다.

* 프랑스 뮤지컬 〈Le Soldat Rose〉

채색되지 않는 체온들

마분지로 이은 새들의 머리는 어디로 갔을까

햇살이 산탄처럼 박힌 목관악기로 서서
여름에는 두 발을 벗고 겨울에는 두 손을 벗었다

낡은 구두 아래 배관들처럼 처방전에 머리를 대고 눈
썹이 자주 쓸쓸해졌으나

녹슨 풍경風聲 아래에선 물병자리만 바라봐도 젖었으
므로
목질의 무릎을 가꾸던 소녀는 하루에 한 쪽씩 키가 자
랐다

나뭇가지 돋는 소리에 긁힌 붉은 천체를 물려받던 토
요일이 언제였더라

날개의 숲을 치는 천사들이 몰려들면 유리의 구음에

뺨을 대고 보이지 않는 문을 더듬었다 아무도 새들 위에 새들의 집을 짓지 않았으므로

단단한 물거품을 산란하는 책들이 조용히 문을 잠갔다 달 냄새를 맡은 고아들의 반박할 수 없는 손톱에 대해 읽었을 때

서랍을 열고 알 속의 목숨을 만졌다

달그락달그락 손목을 그어 수인들의 지독한 혈통을 앓으며 밤의 가재도구들에 눈알을 심던 날들

느슨한 발들을 아직 놓아주지 못했다 어린 소읍의 행방을 알 수 없다

망그로브숲, 망할

몸과 봄을 헷갈린 우리는 망한 망그로브들
자정에는 하얀 배를 가진 의자에 앉아 작은 나라의 건
축학을 배워요.

씨 뿌리지 않는 한철, 바람이 누웠던 길을 열차가 끌고
가요.
고독에 독실했던 독신들처럼 유물론을 모르는 유산처
럼 밑알을 빠져나간 고요처럼 침묵할 수 없다면

낭만적인 석간신문을 펼치고 망그로브숲으로 가요.
눈이 없는 눈썹달 아래를 지나 우주선이 필요 없는 우주
로 가요. 그곳에서 흰 밤 검은 밤 구별 말고 별꽃을 닮은
아이들을 낳아요.

제비와 제비꽃이 멀어지고 물의 입자들이 나무로 어
두워지고 있어요. 물밑을 걷는 젊은 광부처럼 중절모를
쓴 대지의 리듬을 밟아볼까요. 밀입국의 밤, 발이 녹은

사람들이 어둠을 흔드는 타악기 소리에 모래밭으로 몰려가요.

하굴나무 아래 개들은 비늘을 버린 비린내를 기억할까요. 우기에 자란 푸른 지느러미의 전생이 출렁거리는데, 소금쟁이의 풍경이 하구까지 오지 않아요.

물의 내장에는 비망록을 잊은 미망인들…… 노란 밥집의 시간이 비좁은 발자국 위에 떠가요.

근친이 많은 뿌리들이 근심에 젖는데
눈 어두운 민물고기들이 겹눈을 앓는 밤, 잡목림 비자를 받으러 간 이들은 돌아올 줄 몰라요.

죽음의 계곡에서 온 편지
— 김 알렉산드리아에게

밀서를 받아든 자작나무숲, 이방의 여인은 하얀 장갑을 낀 팔로 목조 지붕을 건너서 왔습니다. 대장장이의 지붕 아래로 밀약들 모여들고 표정을 바꾼 바람의 행방을 물었습니다.

식탁 위에는 일곱 개의 요일이 놓이고, 화롯불 아래 벨리알*의 나라에선 산맥의 그림자가 불타고 있었습니다. 12월의 하루는 북쪽을 향하겠다는 전언이 그네를 흔들고 간 뒤 미로 위로 햇살이 꽂혔습니다.

빛의 산란을 꿈꾸는 모슬린 치맛자락이 검은 활주로를 따라 날아오르고, 처형식에 가는 한 무리의 사람들로 녹슨 철 냄새가 났습니다. 지천에는 그림자를 먼저 보낸 꽃들의 이름이 가득했습니다. 도처에 태양이 무성해지고 있었습니다.

여인들은 저녁의 문을 열고 회전목마를 타러 갔습니

다. 무릎을 세운 자들은 화약 냄새에 기침을 할 것입니다. 불 꺼진 필라멘트의 눈알이 여명을 보고 있습니다. 백야에도 횃불을 밝히는 이 누구입니까.

여기는 숨의 정원, 무정부주의자가 된 문지기들은 한겨울 순록떼를 따라 떠났습니다. 적막의 국경을 넘어 어깨를 떠는 새의 무게가 숲을 흔들고 있습니다.

어제 처형된 입술에 대한 소문을 오늘의 벽시계가 엿듣고 있습니다. 검은 궤도를 태엽처럼 감으며 해바라기를 가득 실은 화물열차가 줄지어 지나갑니다. 손풍금을 타는 사람들의 손끝으로 붉게 전해오는 저편이 있습니다. 침묵을 떠넘기는 투명한 입술들은 우리의 심장을 겨냥할 것입니다. 죽음의 골짜기를 향하는 여인의 발톱이 반짝, 붉었습니다.

* 타락천사 중 한 명

제3부

의자들

의자a가 일어나 의자b에게로 간다. 의자b가 일어나 의자c에게로 옮겨간다. 원피스에서 자란 꽃들이 드레스룸을 떠났다. 의자는 언제까지 의자일까. 의자c가 일어나 의자d에게로 간다. 왜 의자의 은어는 의자가 아닐까. 세시 방향에 앉으면 수전증을 앓는 소녀가 푸르러질 수 있을까. 의자d가 일어나 의자e에게로 간다. 여름에게 돌려보낸 아이 하나를 기억하니? 이제 당신의 손은 더 가벼워졌을까. 의자e가 일어나 의자f에게로 간다. 푸른 나방의 나라, 의자는 의자에게 의지할 수 없었다. 땅거미에 끌려 물속으로 들어간 비바리저녁나방은 긴 팔로 여름을 나고 있을까. 의자f가 일어나 의자g에게 간다. 의자g가 일어나 의자h에게로 간다. 의자 h가 일어나 의자i에게로 간다. 꼬리가 긴 잠수함은 오지 않았다. 의자 밖의 의자가 꿈인가. 의자i가 일어나 의자k에게로 간다. 의자를 떠난 나방의 오른쪽이 더 푸르렀을까. 아무나 긴 머리로 분주한 목요일, 의자와 의자 아닌 것이 세상이다. 의자x가 일어나 의자y에게로 간다. 텅 빈 회의실에 의자만 있다.

변경의 수문관리인

고양이는 토마토가 나고 자란 오후를 떠났습니다. 비 눗방울 속 여인은 건조대 위의 태양처럼 말라갑니다. 나무굽을 신고 날아간 이를 오래 바라본 적이 있습니까. 남쪽의 타악기점 문을 열고 장마 쪽으로 걸어간 사람은 장마를 알지 못했습니다.

마른 빨래를 타고 변경의 수문관리인을 찾아가는 한 낮, 누가 고양이 머리 위의 고양이를 사랑했습니까. 폴란 드 영화처럼 우리는 서로를 모릅니다. 인도의 마을에는 유리잔을 잘라 사랑을 맹세한다는데 당신의 마을에는 아직 연못이 없습니까.

긴 못에 박힌 나무 그림을 생각하다가 나비는 지붕 밑 제 그림자 속으로 들어갑니다.

손금 속에는 누가 와 울고 간 흔적이 있다고 눈이 선 명해진 소녀가 가장 오래된 체온으로 서있습니다. 다정

히 허를 나누며 헤어지는 이들은 천칭자리 반대편을 생각했을까요. 해가 저물어도 흉터는 끝나지 않아

해열제도 없이 일곱 번째 저녁을 지나왔습니다. 얼어붙은 물의 표정이 생각나지 않습니다. 편서풍에 편승한 화부가 꽃의 안부를 물었을 때, 자명종 위의 풀벌레들처럼 서러웠습니다.

수문을 열고 늘 푸른 생선의 청회색 살결을 만집니다. 지금은 작게 말해야 할 때

나의 자객은 나를 알지 못했습니다.

금목서 金木犀

마침내 아무것도 심지 않은

발등 위로 가을이 와서 우리는 강의실로 갔다.

시월의 강의실에 앉으면 자꾸만 창문이 낮아져

생인손*을 앓던 나무들이 들어와 앉고

날개를 펼친 책들이 목성을 지났다.

목이 긴 유리병이 금목서 향기에 졸고 있던 창가

남학생들은 혀가 짧은 새들의 거짓말을 기억했을까.

주술에 걸린 노트 속,

수요일의 수거함에 모인 문장에선 간혹 어디서 왔는지

알 수 없는 입술의 흔적이 발견되곤 했다.

자정의 몽타주 아래 외투를 벗고

간절해지는 간절기를 지나왔다고

낡은 자막 아래 회전하는 영사기들에게

청춘의 혐의를 물어야 했지만

우리는 그저 도서관에 앉아 빵처럼 성숙해졌다.

나날이 두꺼워지는 여권을 가진 우리는

종이컵을 물고 늘어졌고

우산을 잊은 그림자들은 나무 아래로 모여들었다.

남자애들을 그리워하면서 하얀 서류봉투 곁을 지켰
다.

팝콘처럼 순결한 꿈을 가진 불법체류자가 되고 싶었
다.

붉은 여권을 닮은 낙엽이 지고 있었지만

우리는 짙은 녹색의 칠판만을 대면했다.

어느 날 눈먼 사진사가 찾아와 머리를 감겨주었을 때

오래된 종이감옥에서 한 무리의 참회자들이 걸어 나
왔다.

이제는 나비를 모른 척할 나이,

눈으로 만들어진 사람과 눈으로 만들어지지 않은 사
람 사이에서

길과 요일을 혼동한다.

신입생 시절이 창세기보다 멀다.

* 손가락 끝에 종기가 나서 곪는 병.

텔로미어*

물이 식는다 물 위에 밤의 세포들이 어린다고 물으로
떠내려온 오래된 그늘을 반으로 접는다 밤의 세계에서
모깃불을 놓으며 맨 처음 소리를 길어온 이들, 수액이 순
해지는 소리에 앞을 분간할 수 없다 물색의 경계를 따라
긴 문병의 행렬이 오고 있다

케미라이트를 따라 주름 잡힌 물결 위로 졸음을 쏟는
다 돌아오지 않는 어린것들을 기다리는 빈 모기장 밖, 익
사체들이 유리관 속으로 덧나고 있다 그늘을 지나친 빛
들이 일제히 눈을 감는 밤, 물속을 걸어 나온 물고기는
어떻게 되었을까 구전의 나라를 떠나지 못하는 내 안의
구근들

탄착점 아래 여름에는 물이 샌다 물가의 다족류들을
다독이며 한여름이 갔다 수도꼭지 곁에서 여러해살이풀
들이 차례로 눕고 있었다 나의 친부親父들이 저녁 속으로
걸어 나와 긴 뼈 안에 다시 긴 뼈가 깃들고 있다 무릎과

바람과 뼈가 나란해진다

    서쪽에서 자란 그림자에게는 눈을 뜨는 순서를 가르쳐야 한다 숫자를 배우지 않고도 사랑할 수 있을까 찬물에 낯빛을 씻지도 않고 나비와 꽃잎이 헤어진다 흰옷을 입은 페인트공이 철 지난 목련나무 아래를 지난다 빗방울이 등으로 허기를 어루만질 때 무릎 아래 햇빛의 흔적을 끌어안으며 한 사람이 한 사람을 떠난다 목격자들이 수도꼭지 곁에 나란히 앉아 계절의 방향을 바꾸고 있다 나보다 먼저 생겨난 것이 나의 잠이다

* 인간의 노화세포

화양연화 花樣年華

빌이 넓은 잠을 자다 말고 공중그네를 생각했다. 어린 잎에 사월이 돋고 있었다.

오래된 계단 아래 잠든 밤의 아군을 용서해야 할까. 서랍장 속 헝클어진 별 하나, 어둠에 매달린 물고기 속으로 헤엄쳐갔다. 미닫이를 열면 눈먼 호흡의 벌레들이 여전히 꿈밖이었고

물 묻은 달이 내려 불투명 유리문에 끼운 집들은 멀었다. 젖은 목어 아래, 엄마가 그려준 동그라미가 헐렁해질 때

키 큰 스키타이의 곡옥들처럼 손톱이 자라지 않았다. 사방에는 길짐승의 그늘뿐, 어두운 바람을 껴안으면 불 꺼진 방에서 막 돌아온 사람처럼 소문이 그리워

물에 떠도는 기억으로 톱밥난로 속 행성들이 가지런

해졌다. 찬물에 씻은 저녁의 입구가 물그릇에 고이고 몸에선 슬픈 잔등을 가진 짐승이 새어 나왔다.

침묵을 침묵으로 답하는 덩치 큰 새들과 물풀의 한 해를 기억할 수 있을까. 그리하여 종아리의 검은 수관水管을 따라 대낮의 별들이 물그림자로 내려올 수 있을까.

눈이 선명한 아이들의 문장을 살고 나온 날이면 죽은 잠자리와 무릎을 맞대고 잠들었다.

빗소리 한 켤레를 빈 방에 들여놓고 여분의 눈동자를 가진 오래된 이마로 하루를 났다.

소한小寒 근처

그가 서쪽으로 난 창을 열었다.

햇빛에 비친 머리칼이 희게 빛났다. 목덜미에 박힌 햇살을 만지자

이마엔 푸른 그림자…… 눈썹이 젖었고

그늘의 길을 따라 눈자위가 깊어졌다. 입술이 꽃 진 흔적을 닮아 있었다.

가만히 고요를 물고 서 있는 동안, 그는 날개가 말라붙은 자리부터 부서져 내렸다.

정오를 지나온 시계의 여음餘音이 그를 들여다보았다.

꿈속처럼 눈 내리고

나무에 묶여 늙어가는 수레의 잠 앞에서 그는 길을 잃었다.

발바닥엔 짓이겨진 별들…….

높은 나무 아래를 지나 아득한 숲으로 간 이들의 실핏줄을 더듬으며 걸었다.

발치에 속눈썹이 하나 둘 떨어졌다. 너무 많은 어둠을 소모했으므로

눈알이 점점 몸 안쪽으로 빨려 들어가고 있었다.

그가 손을 씻었다. 고요가 손끝에 엉켰다. 손등에 푸른 윤곽이 피었다 졌다.

물빛 그의 어린 시절은 어디로 갔을까.

기다렸으나 오지 않는 것들은 많다. 손톱 끝에 맺힌 고요를 마저 털고

그가 빈손을 들여다본다.

창밖에 오래전 눈먼 나무가 있다.

고요가 된 남자

고요 안으로 들어간 남자는 얼굴을 지우고, 등줄기를 헐고, 발바닥을 떼어냈다. 이윽고 그가 사라졌을 때, 짙은 그림자 하나가 일어나 덩치 큰 고요를 짊어지고 갔다.

식탁 위의 장례식

기도가 흘러내리고
육식의 시간은 얼굴을 지우고 온다.

오늘의 요리가 중앙에 놓이고 뼈만 남는 게 생이다.

핏물이 빠지는 야만의 저녁,
침 흘리는 침묵으로 묵념을 마치면
낭만주의적으로 우리는 물어뜯는다.

야만과 요리 사이, 피로 물든 황혼이 빠져나가고
접시 위로 포개지는 몸과 몸
식탁에서 칼을 뺀 자는 기사도에 대해 묻지 않는다.

타자他者가 타자의 입을 다물게 하는 식탁 위
내 목을 넘어가는 것들은 한때 목소리를 가졌던 것들
이 빠진 접시 위 쌀알들이 바닥으로 흩어진다.

나의 위장은 한때 누군가의 심장이었다.

우리의 장엄미사를 위하여 사자死者의 폐활량만큼 나의 내부는 허무해지기로 한다.

죽음 뒤에는 아름다운 식탁이 있다고

식자공이 뼈를 맞추고 있는 걸까. 역사서의 표지가 갈수록 두꺼워지고

나는 진부하게 먹는다, 씹는다, 노래한다.

그리하여 나의 고전주의는

나의 치부다.

타인의 형체로 나는 육화된다.

내 생을 간섭하는 유언을 위하여

나는 이제 양념의 수사학 따위는 읽지 않겠다.

편견은 편육이 되고

나는 삼기기 위해 침묵한다. 그리하여 타자는 불가해한 족적을 남겼다.

나는 폭식 중이고

나는 내부에 천 개의 눈을 가진 부장품이다.

타인의 나날

달팽이는 말한다. 새와 나무 사이에 걸린 문장이 사라진다면 당신을 잊어도 될까. 달팽이는 말한다. 왜 날짜 지난 신문 가까이 앉으면 배가 고플까. 달팽이는 말한다. 두 개의 모자를 쓰면 꽃이 될 수 있을까. 너는 말한다. 사라진 발과 사라진 손과 사라진 머리카락과 사라진 발가락에 대하여.

껍데기를 제거한 달팽이 48마리,

파슬리 2묶음, 마늘 3쪽, 아몬드가루 100g, 버터 150g, 펜넬 뿌리 2개, 처빌 1다발, 쪽파 1다발, 쑥 1다발, 올리브 오일 100㎖, 라임 1개, 크랜베리 20g, 소금과 후추 약간

붉은 피로 빚은 짐승은 왜 지난여름 나에게 오지 않았을까. 도마에 젖은 손을 대면 입술만 남은 여자를 만질 수 있을까. 페루를 가본 적 없는 사람과 폐를 나누어 줄 수 없는 사람과 눈동자 아래 빗방울의 표정을 그려 넣은

사람에 대해서라면 우리는 말할 수 없었다.

소금과 후추와 껍데기가 없는 달팽이들…….

다시는 태어나지 마라. 달팽이는 말한다. 왜 머리 위에
수평선을 그린 뒤부터 숨을 쉴 수 없을까. 온몸이 입술인
사람이 죽은 나무에 엎드려 있다. 가장 낮은 몸이 그늘
을 밀어내고 있다.

젖은 등 위에 놓인 공중이 한 뼘이 채 되지 않았다.

수비학數祕學

― 點, 두 선이 맞닿은 자리, 위치만 있고 크기가 없다

여름은 파문의 숫자다 소나기에 가늘어진 뱀이 여름에 와서야 물결의 몫을 나누어 준다 동심원을 가진 몸과 몸이 헤어지고, 독백에 물린 독사의 눈자위가 짙푸르다 보리밭이 성실해진다

유월이 이른 씨앗을 내려놓고 있다 만 개의 물줄기와 천 그루의 나무가 잠들어 있는 한 점點, 절반만 남은 꽃잎은 왜 파지破紙처럼 날고 있나

바람이 떼어낸 발자국이 공중으로 걸어 들어가 나무의 마음을 흔들어놓는다 빈집에서 말벗을 잃은 거짓말들이 죽은 날벌레의 등으로 내려앉는다 물고기가 목각으로 잠든 밤, 첫 줄만 읽은 책에 머리를 대고 나는 영겁의 꿈을 꾸었다

빗방울이 원점에 가까워진다 바람이 달의 속셈을 헤아릴 수 있다면, 물결무늬를 떠나는 숭어떼와 고개 돌린 이삭들이 연결점을 가질 할 수 있다면, 물속으로 들어가 잠자리 날개처럼 투명해진 아이들의 가족력을 역逆으로 되돌릴 수 있다면…… 매미는 조금씩 울음을 덜어내며 처서에 다다를 것이다

젖은 잡목들이 물에 맡긴 소음을 알아차린다 나무는 귀에 귀를 대고 부목浮木의 발걸음 소리로 수렴한다 무수한 길이 실금을 그으며 내게 닿고 있다 왜 도박사들이 개미떼는 보이는 수의 반이라 계산할까, 막 물관을 나온 새 별이 울고 있다

저녁의 빈손

오래된 문가에 엎드린 고요를 밟았을 때, 사방으로 달이 떨어져 우편함마다 가득했다.

물고기들이 물결에 얼굴을 묻고 먼바다에서 돌아오는 물소리를 듣는 밤,

양철지붕 아래를 기어가는 쥐새끼들은 잘 죽지도 않았다. 해안을 넘어온 검푸른 물소리가 빈 병 속으로 쏟아지고

등피를 씻었다. 물은 차고 이슬은 희게 빛났고 제 몸을 불사르지 않아도 활자들은 검었다. 오래된 엽서가 마르는 동안

별빛을 쫓으며 장지뱀의 겨울잠이 은신처로 돌아갔다는데…… 소멸하는 것들 사이에서 사랑을 나누는 쥐들의 발소리를 들었을 뿐

귀를 잃은 나무들이 모래언덕 근처에 모여 있었다. 어
둠 속에 흩어진 꽃들이 희끗희끗했다. 새벽과 헤어지는
은어떼가 입안을 헹구고 간 뒤,

자주 아픈 것들과 반만 열린 창문 사이를 지나 눈[目]
을 지웠다. 보이지 않아 선명할 때가 있다.

금서禁書의 나날
— 님 웨일즈가 김산에게

마침내 죄짓지 않은 손이 유리창을 그렸다. 월식창月蝕瘡*을 앓는 아이들의 무릎 아래로 밤이 와서 아름다운 병자들과 밥을 먹었다. 귓가가 젖은 새가 먼 미래로 돌아가고

가장 추운 옷을 입은 아이가 강물을 거슬러 갔다.

사월이 갔으나 사지는 그대로였으므로 홍채에 모서리가 하나씩 늘었다. 민들레 둘레에 입을 모으고 어둠을 불었다. 삼각주에서 태어나지 않은 몸이 흙바람에 젖었다. 저녁이 탕진한 줄무늬를 헤아리며 여인들이 나비 날개의 날을 갈고 있었다.

살을 먹은 살들의 무게에 대하여 생각할 때면 개들이 허공의 나비들보다 고왔다.

안개나무의 농담濃淡이 짙어졌지만 아랫목에 눈썹을 묻은 새들의 소식을 들을 수 없었다. 죽은 나방의 일정표를 베끼며 곡식들이 키를 늘이고 있었다. 오랑캐꽃 위를 지나는 날벌레들의 나날이었다.

목이 긴 도자기에게 통점이 생길 수 있다면…….
그리하여 붉은 목소리로 수인囚人의 이름을 부를 수 있다면…….

환절기의 목교木橋를 지나, 하오의 창을 그린 묵선墨線에 새살이 돋았다. 고요한 뱀들의 잔기침이 고왔다. 수레의 밀약이 수레를 끌고 갔다. 새를 입은 허공은 따뜻했을까. 나는 길 위의 단추처럼 서러웠다고 썼다. 아무도 긴 발을 벗지 않았다.

* 주로 어린아이의 귀 뒤에 생기는 부스럼

파루罷漏*

만세력 속에서 헤아립니다.

등이 푸른 나귀의 전언을 따라 저녁이 성벽으로 퍼져
나갑니다.

곡비哭婢의 환생이 피리 소리 저편의 수궁水宮에 이르고

나는 불치의 날개를 가졌으므로

저 달을 깎아 분분히 날리겠습니다.

빈방에서 헤아립니다.

모로 누운 나를 청금 소리에 맡기고 천지를 오가는 고
요가 당신과 나 사이보다 멉니다.

순한 잠의 손 그늘에 앉아 독주를 마십니다.

당신의 처소에 이르러 주정酒酊으로 서시序詩를 정할 때

꿈속으로 잠이 간섭해 들어갑니다.

해몽으로 하늘바라기를 만난 빗소리에 꽃차례가 바
빠집니다.

베개에 머리를 누이면 바람에 살이 오르고
천 개의 비서秘書로 메운 벽이 도래합니다.
어둠으로 검어진 귀밑머리까지가
생시의 간섭이라

인경人定에는 스물여덟 개의 꽃말을 외웠습니다.
여섯 개의 문을 가진 밤이 열리고 당신은
순백으로 저려오는 팔베개를 가지고 왔습니다.
제석천帝釋天에게 서른세 개의 하늘을 빌릴 때까지
당신의 후원에는 나무를 심지 않겠습니다.

통증으로 한 세계를 열고 닫는 일이란
목향에 갇힌 나비애벌레가 날개를 닫아버리는 것
사립문 밖 불행한 사내들과 부정한 여인들은 겹꽃으
로 피고
무영등無影燈의 환부가 외롭습니다.
어둠을 비운 몸,

화인花印 아래 꿈은 이미 한낮입니다.

* '바라'라고도 한다. 조선시대에 통행금지 해제를 알리기 위해 종(쇠북)을
치던 일.

제4부

밤의 둥근 껍질

너의 무덤에는 백양목 기지도 없어 우·우·우, 개들이 긴
목을 뺀다.

바람이 무심히 녹슨 그네를 흔들고 갔다는데, 곁에 누
운 헝겊인형의 눈알이 가슴까지 내려와 흔들렸다는데

오래된 볕이 등을 말고 있는 동안 어린 목숨을 풀어
놓은 공중은 가벼워

둥근 껍질 속, 어두워진 사람은 발목에 감긴 고요를
풀지 못한다. 화물열차가 너를 놓친 계절을 싣고 지나간
다. 차가운 무릎을 당겨 마침내 어두워졌으므로 이제 너
의 눈빛은 투명하고

젖어서 흐물거리던 꿈은 땅 밑을 흐른다.

정수리의 흰 뼈들 바스락거린다. 귀가 썩고 귀밑머리

가 가지런해지는 동안 흰 발자국을 찍으며 또 겨울

　밤의 둥근 목젖 속으로 바람 불어 잔뼈들 뒤척인다. 푸르던 이마 위, 연 날리던 소년은 산그늘을 끌어당겨 덮는다.

　공중의 마른 가지들이 실핏줄처럼 뻗는 저녁,

　가죽을 벗고 누운 눈 어두운 사람, 검은 눈과 검은 목소리와 검은 동네의 어둠이 선명하다.

　풀뿌리 아래 정적이 낮게 내린다. 반달 눈썹을 떼어 머리맡에 둔다.

무주지

성원사는 이름이 없었다.

먼 데서 돌아온 사람처럼 자주 손을 씻었다. 바람이
벗겨간 무릎은 연하고 둥글었고,
　일주일에 두 번 장을 보고 두 번 팔꿈치가 헐었다.

목조건물마냥 나이 들고 싶다던 오후, 린넨 테이블보
위로 나뭇가지를 닮은 손가락들 가지런히 모으고

배가 따뜻한 사람은 앙가슴을 열고 새가 될 거라고 했
다.

이따금 팔 위의 푸른 상처들이 나무 사이 허공을 당겨
새들을 매달고 나면, 저녁으로 향한 문밖에 서서 열두 겹
의 지평선을 깔았다.

그는 여름의 덧문을 밀고 나가 그믐의 무녀들처럼 등

푸른 무덤 위를 떠돌았다.

　아무렇게나 벌어진 열매들 사이로 낫자루를 들고 사라진 사람에 대해 사람들은 아무것도 알지 못했으므로

　그가 아무도 도착하지 않은 저녁에 닿은 날이면, 종탑 위 은회색 철제 닭들이 무주지無主地의 밤으로 날아들었다.

　그런 밤이면 사람들은 바닥에 귀를 대고 땅 아래 젖은 몸을 말리는 애벌레들의 소식을 들었다.

첫 번째 계단

나는 종려나무에게 가 왔습니다.

거기 슬픈 여우가 서 있었습니다.

까마득히 모르고 있는 혐의를 물었습니다.

첫 계단에 오래 앉아 있으면 날아갈 수 있었습니다.

산소마스크 속 열일곱에는 머리에 싹이 난 채 눈밭 사

이에 앉아 있고 싶었습니다.

보랏빛 눈밭의 감정을 익히고 싶었습니다.

푸른 쟁기를 두고 간 두 사내가 악수를 합니다.

나무마다 유백색 그늘을 달아줍니다. 발바닥 아래 저

녁이 뜨겁습니다.

여우는 푸르게 떠나갑니다.

물의 한때가 성스러운 잔털들 사이로 스며들 때 녹색

으로 흘러서 백년을 가겠습니다.

노인이 되면 침상에 누워 나방을 보겠습니다.

침묵하는 의자들의 세계에 속한 지 얼마나 되었을까요.

창밖으로 투명한 나무의 침묵을,

꽃들의 잠행을 알아차린 유리문이 혼자 차가워지고 있습니다.

첫 이마를 거기에 대고 오래도록 종려나무로 서 있고 싶었습니다.

한때 유리문이었던 손이 식어갑니다.

오늘 밤, 저녁은 북향으로 올 것입니다.

다시 첫 계단에 앉아 푸른 깃털을 담고 있는

고요한 수면이 되겠습니다.

벌어진 살과 살 사이가 고요할 것 같습니다.

연서戀書

저녁의 강은 내장처럼 비다로 쏟아졌습니다. 연이들의 붉은 역류를 따라 몸을 떠난 은빛 비늘들이 소용돌이 속으로 사라졌으므로

모종삽에 사나흘 내리 눈 내리고 나는 한갓 길손으로 장작불의 환한 주위가 됩니다.

북항이 보이는 창가에 앉아 해의 각도가 된 당신. 당신을 베끼고 있는 시간이 편종 소리를 팽팽히 당기고 있습니다.

노년이 집어등에 대고 입김을 부는 밤, 나는 정적과 나란히 누웠습니다. 묵언은 아직 입술에서 태어나지 않았습니다. 미래의 낱말들로 꿈을 꾸었는지

천리경 속에 든 밤, 게들은 옆으로만 헤어졌습니다.

눈알을 이마에 대고 당신을 생각하다가 낡은 이물에 태양을 매단 목선을 봅니다. 닻 대신 달을 내려 정박한 밤들의 소문이 무성합니다. 환청에 떠는 새들과 해조음 海潮音을 베고 동안거에 든 신발들이 문 앞에 가지런합니다.

은륜銀輪을 풀어 둥근 파문을 감으면 바람에 의탁한 한 생애가 때아닌 눈발이 되어 내려옵니다.

투병기

숲으로 간 수레는 오지 않았다. 눈 밑이 붉어신 아이가 목로木壚 위에 물잔을 놓쳤다. 청동빛 맨발을 본 너의 이마가 환했다.

누군가 환상環狀의 발자국을 그리고 있었다. 고요 안으로 고요가 고이고 있었던 걸까. 귀가 슬픈 짐승이 파란 손금을 읽었다. 너는 모르는 숲에 이마를 대고 뿌리를 내리고 있을 것이다.

절반이 숲인 여자와 나란히 누웠던 때가 언제였더라. 문밖에는 너무 많은 문이 있었다.

한밤의 푸른 공기처럼 등이 젖는데 천장의 쥐들이 천상처럼 고요했다.

아흐레 지나 다시 아흐레……. 한쪽 눈썹만 지우고 떠난 여자가 있고, 벽에서 걸어 나와 벽으로 돌아간 아이가

있고,

죽은 가지에 걸린 낙하산처럼 고요가 매달려 있다. 미
닫이 너머로 미처 떠나지 못한 봄을 나팔꽃이 듣고 있다.

악어새의 정원

물밑의 이두운 눈들이 오래된 등燈에 불을 놓습니다. 물속으로 사라진 그림자의 목덜미를 만지면 그리로 사월이 와서 별빛이 모이는 수면이 됩니다. 물 가까이 놓아 둔 영혼을 만난 짐승은 자목련 아래 잠들어

누군가는 떠나고 누군가는 머무르는 사이 물은 깊어 집니다. 생울타리 밖에선 산 아래 산들이 물에 와서 만난다는데…….

새들에게 빌린 문장으로 천칭자리에 오르고 있습니다. 하늘이 한편으로 기울고 있습니다. 겨울에서 겨울까 지 세상에 참여한 벽시계를 놓아주고

햇빛을 걷어낸 고목이 물의 질감으로 번지는 사이, 더 는 어두워질 수 없는 얼굴 하나가 생겨납니다. 통각을 잃 은 낯선 잠이 물소리 위로 눕고

발등이 긴 새들의 울음이 눈물샘에 차오르고 있습니다. 누가 청아한 청어를 데려갔습니까. 무심히 수면에 뜬 낯선 지명이

꽃 진 자리에 떠난 이들의 눈을 그려 넣습니다. 서쪽으로 이마를 대는 것들은 죽음의 힘으로 산다는데…….

어둠이 잿빛 고양이의 눈을 느리게 감겨주고 있습니다. 모종삽에 뿌리내린 종이비행기가 파르르 떨고, 바람이 고양이 등 위의 홀씨를 거두어갑니다.

사과나무 가지의 고요가 겹겹의 고요를 접고 있습니다.

종이 날개를 가진 저녁

공장지대의 낮은 밤이 회색 겨울문을 두드린다. 그루 잠을 자는 아이들 사이로 고장 난 바람 불어온다. 노란 선잠을 털어내며 소녀들이 작업복을 벗는다.

연 날리던 아이는 겨우살이에 가 살을 붙이고 있을까. 한 번도 배우지 않은 산스크리트어를 읽는 기분으로 누군가 하얀 의자에 앉아 기침을 한다. 여공의 귀밑머리를 그리던 그림쟁이가 고양이 머리 위로 떠간다. 줄공책에 빈 숲이 들어와 환한 부레를 연다.

종이날개를 가진 미물들은 제 살을 도려내 눈에 붙인다. 이제 겨울의 숙련공처럼 잠들 수 있을까.

남의 집 문 여는 소리에, 계급 낮은 신들이 겨울나무에 가 팔을 벌린다. 속눈썹의 고요가 눈 내리는 기항지를 다스린다는데, 축농증을 앓는 아이의 푸른 촉은 어디로 갔는지…….

어미를 기다리는 은어떼의 마지막 표정은 추운 뼈에
다다랐을까. 해거름에 걸린 은가지들, 날개보다 무거운
영혼은 없다고 겨울새의 날개를 접어준다.

적란운 밖으로 제 속을 긁으며 달이 뜬다. 시간은 얼
마나 먼 거리를 와서 입술이 되는 걸까. 사랑을 따라간
어린 행성들이 돌아오고 있다. 폭설을 뒤집어쓴 죄수들
의 눈이 깊어진다. 밤의 내용물이 짐수레에 남은 살점을
파묻고 있다.

밤의 흰 척추가 부서져 날린다.

야행夜行

새벽, 은어의 마을에는 바람벽이 긴 날개를 접고 있었
다.

시전지詩箋紙를 든 노복들이 요령을 흔들면 바람에 헝
클어진 소식들이 모여들었다. 마당가에는 흰 너울에 안
긴 아이가 목칼의 고요를 말리고

발이 큰 사내들이 숨을 벗어두고 갔다. 서소문 밖 율
관의 딸들은 눈이 안으로 자라고 있었으므로 겨우살이
에 붙은 밀정들은 알에서 온 전언 속으로 파고들었다.
청동 종소리에 찢긴 침장寢帳 안, 어린 아낙은 몇 번을 깨
어도 전생인데

대야에는 핏빛 은하가 물주름처럼 공평한 밤 위를 떠
갔다. 반달이 속 푸른 아가미는 허물도 없이 허물어져 천
정天井에 청태靑苔로 번지고 밀뱀에 물린 목마른 목마는
천국을 알지 못했다. 유월의 숲으로 간 이월의 인부들은

치사량의 독백을 품고 있었으므로

구부러진 사제들은 묶음이 된 신의 왼편에 앉아 공중의 잠을 씻겼다. 은거지에서 물방울 소리를 수놓던 침모의 졸음이 새들의 몸에 머리를 얹어주었다. 날선 달에 긁힌 푸른 송장새들이 밤의 재봉선을 따라갔다고

노독에 지친 머리가 문밖에서 키를 늘였다. 순례자가 놓친 손가락 하나, 어린 청어를 만진 뒤 나무를 껴안은 쇠붙이들이 희박한 봄에 물들었다. 나무문에 박힌 나무들의 밤이었다.

련蓮

햇볕에 내놓은 열일곱 해의 마음이 반그늘에 멈췄습니다. 수분受粉이 끝난 날개를 만지면 창호지 밖의 수은등마저 은유였습니다. 수련의 수위水位가 그리웠습니다.

수변에 나온 옛집 근처에서 사다리를 지나는 사내들을 봅니다. 늙은 선인들이 북방으로 가던 날 민물고기와 함부로 앉아 탁주를 마셨습니다. 오래된 무릎의 기원이 선한 반역자들의 통점 같았습니다.

기침병에 걸린 얼굴을 뜰채로 건져 올리던 시절……,
물 위에 이마를 대면 한 아이가 하늘소의 울음소리를 만지고 있었습니다.

여름을 터득한 망초들의 멀미가 꽃의 보푸라기를 훔치는데, 그림자 속으로 들어간 염소들은 왜 젖을까요. 후렴만 아는 어린 새와 등 뒤의 유월은 서로를 모릅니다. 어금니가 없는 물고기들은 물 아래 묻혔던 걸까, 눈동자

가 무거운 이들이 물가를 떠나고

　하지에는 하선하는 들꽃무리의 침공이 아팠습니다. 청호접을 통과한 하루가 물가에 와 잠잠해집니다. 물결 무늬로 다스리는 수역水域에선 반만 지워진 발꿈치를 가진 자들이 흐릅니다. 소리를 낮춘 정원 저편, 어린 새가 속눈썹을 벗어두고 갔습니다.

나비 밖의 저녁

어두운 턱뼈에 바람이 비진다.

푸른 날개 한 쪽이 바람에 일어난다. 날개가 나비를 버린다. 빈 수레에 남은 몸이 파르르 떨린다.

허공에는 날개를 기댔던 자국, 풀밭에 누운 것들은 눈 뜨고도 보지 못한다.

이지러진 눈알에는 푸른 달, 눈꺼풀 아래에는 뜯겨나 간 봄, 나비가 떠난 나비 위에는 검은 하늘…….

철책 아래 버려진 긴 더듬이가 지평선 위로 눕는다. 나비의 눈이 허공에 고인다.

어둠이 눌러놓은 이마에 새벽별이 찍혀 있다. 달빛이 날개에 얹은 밤의 무게를 덜어내고 몸 밖으로 나온 나비가 나비 건너편을 바라본다. 나비 속에는 나비가 없다.

학살자들의 나날

— 소년범은 무산자들의 밤을 훔치고 있었다
초조해지는 위작僞作들이 살인광지대로 입문하고
최초의 공전주기가 전파 속으로 파고들었다
교정기를 낀 소녀들이 갈변을 견디고 있었으므로
솜전투*는 당신을 비켜 기록되었다

지난밤, 가문비나무에 겨울이 왔습니다. 나는 눈 쌓인
가문비나무에게로 가 혀를 나누었습니다. 뮈르달**에는
더는 달이 뜨지 않았습니다. 무색 별 무더기를 태우는 백
야의 화부火夫처럼 나는 상반신을 잃었습니다. 나는 왼손
이 없는 왼손잡이, 벙어리장갑 혼자 흐느낍니다.

어떤 이름은 듣기만 해도 가려웠습니다, 가여웠습니
다. 지난여름, 백야의 살육지대에선 흉곽을 두른 사람마
다 타인이었습니다. 속보가 오지 않는 어느 오후, 외래종
슬픔이 당신의 질감을 외웠습니다. 일요일의 행려병자들

과 망각곡선을 그릴 때, 이별제조법에 능한 조향사들이 죄다 공범이었습니다.

침묵으로 당신의 빈자리를 써야 한다면……. 그리하여 당신이 무고한 정복자라면…….

당신이 사라진 쪽으로 간 저편의 척후병들이 겨울의 강가에 다다르고 있습니다. 웃자란 타인을 처형하는 미수未遂의 나날, 내 몸을 둘로 나누어 나 아닌 나를 외워야 할까요. 내가 아는 사람은 다리를 절며 먼 중세로 떠났다는데, 나의 잠과 나의 행성 사이에 당신이 떠다닙니다.

눈발 속에 갇힌 소년이 호외를 외치는 이역異域, 교외선에 몸을 맡긴 사람들은 서로를 마주 보지 않고도 뜨거운 커피를 훌훌 삼킵니다. 푸른 캐시미어 코트 속으로 밤의 허기를 불어넣는 패잔병의 밤,

눈먼 짐승은 오래 누워 당신을 잊을 수 있을 것만 같습니다.

술래가 된 소년

있다,

한쪽에는 엎드린 사람이, 다른 한쪽에는 별을 쏟은 자국이 있다.

바람을 찾아 술래가 된 소년이 있었다. 긴 방죽을 따라 루마니아로 가고 싶던 아이와, 나비를 가둔 몸과, 발자국 대신 별자국을 찍으며 가는 아이가 있었다. 말라서 바스러진 아이가 있었다. 월경 대신 월식을 하는 아이가 있었다.

허공 속에는 초점 없는 검은 눈동자, 양철통 속에는 버려진 이름, 방바닥에는 길게 그린 핏자국, 핏자국 위에는 다시 허공,

첫눈이 오고 방죽 위에 희게 엎드린 소년이 있었다는 데…… 루마니아, 루마니아, 활석가루를 눈처럼 뿌리던 소년은 다른 소년을 사랑했다는데…… 루마니아, 루마

니아, 피에 짖은 루마니아, 신에게 용서받지 못한 작은
입술을 목에 댔다는데…….

있다, 지붕 없는 집이, 파랗게 질린 손목이, 숨죽인 검
은 여행가방이, 물거품처럼 희어지고 있는 목덜미가,

반나절을 타고도 다 타지 못한 벙어리장갑을 꼭 껴안
고 달리는 소년이 있었다. 나비를 가리키던 손가락이 얼
어붙은 길 위에 일그러진 얼굴을 그리며 가고 있었다. 깨
진 술병 위로 쓰러진 피투성이 소년이 있었다. 소녀가 되
지 못한 소년이 있었다.

목가구에 묻은 나비의 기억을 지우던 아이가, 고요 안
으로 들어가 천천히 고요가 된 소녀 아니, 소년이,

점점 투명해지다 암전이 된 사람이 엎드려 있다.

미지로의 초대

장은영(문학평론가)

초대

누구의 것이었는지, 왜 여기까지 오게 되었는지 알 수 없는 물건들이 제각각 다른 시간의 무게를 품고 침묵하는 곳. 앤티크antique 상점 내부처럼 최형심의 시집 『나비는, 날개로 잠을 잤다』는 지난 시간을 환기하는 삶의 흔적과 고풍古風이 밴 언어들 그리고 이방의 풍속이 주는 이국적 감각들로 채워져 있다. 시어들이 빚어내는 낯설고도 아름다운 형상들, 하나로 합쳐질 수 없는 감각들이 한꺼번에 밀려들면 당신은 잠시 어지러울 수도 있을 것이다. 이면을 상상할 수 없는 입체를 마주한 것처럼 혹은

미지의 장소를 엿본 것처럼.

전설과 신화와 꿈의 파편들을 세밀하게 배치해놓은 최형심의 시는 소실점이 없는 풍경을 만들어낸다. 그 풍경이란, 고정된 장면이 아니라 어떤 위치에서 보느냐에 따라 달라지는 불확정적이고 유동적인 상태라고 말할 수도 있겠다. 하나의 이미지가 선명해지기 전에 또 다른 이미지로 전환되거나 분산되는 이미지의 운동과 그에 대한 감각의 반응은 때론 인식을 착란에 가까운 상태로 내몰아가기도 한다. 시의 한복판에서 감각의 균형을 잃게 되는 것이다.

그런 면에서 최형심의 시는 보는/읽는 이로 하여금 자신이 의도치 않은 곳을 향해 흘러가도록 연출된 무대와도 같다. 이 무대에서는 과거와 현재와 미래가 시간의 질서에서 이탈하고, 현실과 꿈이 그리고 실재와 가상이 구분되지 않는다. 심지어 '나'와 '타자'의 자리가 뒤바뀌기도 한다. 소실점이 사라진 무대는 주체의 시선 밖에 있었던 세계를 드러내고자 한다. 그 무대 앞에서 자신이 본 것은 무엇인가를 스스로 묻는 주체의 반성적 의식을 향해 최형심의 시는 되묻는다.

보는 자여, 누구의 눈으로 보고 있는가.

voyant

"나의 윤곽이 천 개로 나뉘었다"(「천 개의 고원」)는 진술이 환기하듯이 이 시집에 등장하는 시적 주체는 여러 겹의 눈을 지녔다. "천 개의 눈을 가진 식자공"(「예미리의 겨울」), "여분의 눈동자"(「화양연화」), "천 개의 눈을 가진 부장품"(「식탁 위의 장례식」)처럼 시적 주체는 서로 다른 눈을 동시에 뜨는 겹눈으로 세계를 본다. 그런데 생각해보면 복수複數의 눈이란 만질 수 없는 것들을 손에 쥐는 "빈손"(「저녁의 빈손」)처럼 역설적이다. 복수의 눈으로는 하나의 대상을 볼 수 없기 때문이다. 그러므로 시적 주체에게 본다는 것은 대상의 윤곽이 하나의 상으로 맺히는 감각기관의 영역을 초과하는 경험이 된다. 그런 주체에게 감각되는 것은 "소멸하는 것들 사이에서 사랑을 나누는 쥐들의 발소리"(「저녁의 빈손」)처럼 잘게 쪼개지고 흩어지는 흔적들에 불과하다.

귀를 잃은 나무들이 모래언덕 근처에 모여 있었다. 어둠 속에 흩어진 꽃들이 희끗희끗했다. 새벽과 헤어지는 은어떼가 입안을 헹구고 간 뒤,

자주 아픈 것들과 반만 열린 창문 사이를 지나 눈[目]을 지웠다. 보이지 않아 선명할 때가 있다.

—「저녁의 빈손」부분

어둠 속에 핀 "희끗희끗한" 꽃들이나 수면 위 빛의 반짝임처럼 헤엄치는 "은어떼" 등 시적 주체에게 포착된 것은 눈으로 온전히 붙들 수 없는 것들이다. 겹눈의 주체에게 보는 행위란 명멸하는 세계와의 마주함일 뿐이다. 이 주체는 명멸하는 대상들 앞에서 본다는 것의 무력함을 배우고, 보이는 것을 믿지 않게 되는 대신 보이는 것 너머를 감지하는 감각을 얻는다. "귀를 잃은 나무"처럼 듣지 못하고, 세계를 바라볼 수 있는 "눈[目]을 지웠"지만 그럼에도 시적 주체가 마주한 저녁 풍경은 풍요롭기만 하다. "보이지 않아 선명할 때가 있다"는 역설처럼 보이지 않지만 너무도 확실하게 다가오는 존재들의 흔적이, 인식으로 붙잡을 수 없는 감각적 경험이 이 장소의 밀도를 높이기 때문이다.

"보이지 않아 선명"한 감각의 역설을 이해하기 위해서

「견자의 편지」가 환기하는 랭보의 시학을 참조해도 좋을 듯하다.* '보이는 것'을 의심하며 착란을 통해 미지에 도달하고자 한 시인 랭보. 그는 조르주 이장바르에게 보낸 편지에서 세계의 본질을 꿰뚫어 보는 견자voyant가 되고 싶다고 썼으며 그러기 위해 지적 체계와 이성적 정신을 흔들어야 한다고 말했다. "나는 타인입니다(Je est un autre)."라는 선언이 단적으로 말해주듯 현실 바깥을 사유하고자 한 그에게 시인이 된다는 것은 자기 자신을 넘어서는 경험, 즉 동일성의 외부로 나아가는 것이었다. 인식의 바깥으로 나가기 위해서 랭보는 감각의 착란이라는 실험을 벌였고, 그것은 동일성의 세계를 넘어 미지에 도달하기 위한 시적 방법론이었다. 랭보의 시학은 거부할 수 없는 유산처럼 다음 세대의 시인에게 상속되어 왔고, 최형심의 시에서 또다시 새롭게 변주된다.

행려병자처럼 야자수를 닮은 눈썹을 머리맡에 두고 열대에 깃든 물고기를 기다렸습니다. 양귀비 꽃그늘에서 주머니처럼 깊어지는 백지를 팔던 날들…… 나비들이 도둑떼처럼

---

* 이 글에서는 랭보가 1871년 5월 13일 조르주 이장바르에게 보낸 편지와 1871년 5월 15일 폴 드메니에게 보낸 편지 두 통을 주로 참조했다.(아르튀르 랭보, 이찬규 역, 「아르튀르 랭보의 편지들」, 《작가세계》, 2008. 봄호, 260~269쪽 참조)

몰려와 우물이 동쪽으로 깊어졌습니다.

이제 모세혈관은 모두 눈물샘 아래 고여 있습니다. 개찰구 너머 오래된 풍습으로 고양이는 늙어갑니다. 이 별에는 일곱 번 이별하는 여자가 미결서류를 팔고 있습니다.

—「견자의 편지」 부분

앞부분은 밀수꾼이 되어 이방을 떠돌다가 행려병자처럼 죽음을 맞이한 랭보를, 뒷부분은 시인 자신의 시 쓰기에 관한 진술을 함축하고 있다. 두 연 사이의 연관 관계는 생략되어 있지만 "모세혈관은 모두 눈물샘 아래 고여 있"다는 진술은 '보이는 것' 너머 대상의 본질을 꿰뚫어 보려고 했던 견자의 시학이 미래의 투시자인 "여자"에게 상속되었음을 짐작하게 한다. 견자로서의 시인 되기를 상속받은 시적 주체는 자신의 시를 "미결서류"라고 일컫는다. "미결서류"는 최형심의 시가 의미를 완결하기 위한 텍스트가 아니라는 점을 함축하고 있다. 이 시집에 실린 대부분의 시들이 보여주듯이 최형심은 개성적인 환유와 은유를 촘촘히 엮음으로써 감각을 산란시키고 이

미지의 통합을 방해하며 의미를 텍스트의 배면으로 물러나게 만든다. 최형심의 시는 '보는 행위'와 '보이는 것'의 일치를 확인할 수 없는 텍스트이자 의미가 완결될 수 없는 텍스트로 우리 앞에 배달되고 있다.

불가능성의 말하기

최형심은 다른 문학 텍스트나 실존 인물을 시의 무대로 데려올 뿐만 아니라 자기 삶의 한 부분들도 시라는 무대로 옮겨온다. 최형심이 연출하는 시의 무대가 보여주는 특징은 서사화된 기억이 파편적 이미지로 분화되어 나타난다는 점이다. 유년의 한 장면을 그려낸 「편난운」이란 시의 제목처럼 시인이 재현하는 삶은 서사적으로 의미를 통합해낸 결과물이 아니라 독립적으로 존재하는 삶의 편린들에 가깝다.

최형심의 시는 서사적으로 배열된 기억을 의도적으로 흩트림으로써 현재를 중심으로 구축된 의미의 질서를 무너뜨린다. 삶에서 가장 강력한 의미의 차원이 현재를 구성하는 현실일 때 과거의 경험은 현실에 종속되거나 현실의 논리에 따라 의미화되기 마련이다. 이에 비해 삶의 어느 순간을 서사적 맥락으로부터 분리해내는 최형심의 시는 과거의 경험을 현재의 지배를 받지 않는 고유한 영역으로 되돌리게 만든다. 지금도 온전히 헤아릴 수 없는 청년 시절의 삶을 그려낸 「봉천奉天」에서처럼 시인은 현재의 시점에 종속되지 않는 과거의 감각적 경험을 복원해내는 작업을 시도한다.

> 태양을 등진 것들만 별이 되는 곳,
> 아무나 무지개가 되는 하늘 가까운 마을이었습니다.
>
> 겨울을 교환한 연인들이 나란히 두 개의 계절을 버티며 서
> 있었습니다.
> 투명한 절망으로 가득한 허공은
> 진화하는 법이 없었습니다.
> 쐐기풀 무성한 달빛 공동체,
> 천형에 다가가 시를 쓸 때면 윗입술만 남았습니다.
> 마가목을 닮은 사내들은 공중그네를 밀며 마을을 떠나갔
> 습니다.
> 우산에 감염된 이들이 슬레이트 처마 밑에 모여 살던
> 첨탑이 하나도 없는 마을이었습니다.
>
> ― 「봉천奉天」 부분

해와 별이 뜨는 "달동네 꼭대기"의 풍경을 따라가보자. 골목을 거쳐 어느 집 방 안으로 들어오면 "홀로 밥상 앞에 앉아" "고요에 몰두한 머리들"이 있다. 이 구절이 환유하는 것은 고독하고 암울한 시간을 묵묵히 견디는 사람들이다. "첨탑이 하나도 없는 마을"에는 기약 없는 미래를 위해 청춘의 한때를 쓸쓸함으로 채우는 사람들이 산다. 그들의 하루는 하늘과 가까운 곳에 살면서도 신에게 기도할 여력조차 없는 "투명한 절망으로 가득한" 날이다. 이 시는 "하늘 가까운 마을"에 살며 "천형에 다가가 시를" 썼던 시절에 대한 회상과 함께 인간의 삶에 드리운 절망의 순간을 응시하지만, 조금만 더 참으면 삶이 견딜 만해진다는 식의 위로와는 거리가 멀다.

이 시에서 주목할 점은 "낡은 장판에 누워 죽은 비단벌레의 이야기를 들었"다는 고백처럼 언어로는 전할 수 없는 과거의 경험을 되살려낸다는 데 있다. 감각적으로는 경험되었으나 "죽은 비단벌레의 이야기"처럼 언어의 영역을 넘어서는 인식의 잉여를 복원하는 작업이야말로 최형심의 시가 도달하고자 하는 시 쓰기가 아닐까? 이 작업을 위해 시인은 언어의 질서가 닿지 않는 인식의 밑

바닥에서 고요히 출렁이고 있던 것들을 시의 무대로 불러낸다. 예컨대 도저히 구원받을 길이 없을 것만 같은 자기 몫의 "투명한 절망으로 가득한 허공"이나 각자의 절망을 끌어안은 채 불안한 지붕 아래 모여 있는 "쐐기풀 무성한 달빛 공동체"는 언어로 포착하거나 명명할 수는 없지만 감각적으로 경험될 수 있었던 분명한 실재였으리라. 상징적 의미로 존재하는 "봉천(奉天)"이란 이름과 달리 "슬레이트 처마 밑"의 삶은 감각적으로 경험되었던 실재였다. 하지만 대체 그것을 어떻게 말할 수 있을까. 최형심의 시는 이 불가능성의 말하기를 향한 시도지만 시인도 알고 있듯이 실재에 대한 감각을 붙잡기 위해 시를 쓰는 것은 "윗입술"로만 말하는 것처럼 불가능성의 말하기가 아닐까.

최형심의 시는 불가능성의 말하기를 시도하는 텍스트이다. 시인은, 언제나 모든 것이 선명한 의미를 드러내는 현실보다는 "우산"이나 "지붕"처럼 우리의 머리 위를 가로막거나 감싼 현실(「봉천奉天」)을 뚫고 그 너머의 미지를 응시한다. 그런 시인이 감당해야 할 몫은 세계의 한계를 규정하는 자기 내면의 시선을 극복하는 일일 수밖에 없다.

'나'의 장례

주체의 시선을 분산시키고 마침내 자신을 잃기 위해 시인은 "타자他者가 타자의 입을 다물게 하는 식탁 위"(「식탁 위의 장례식」)에서 자신의 치부를 인정하는 장면을 폭로한다. "삼키기 위해 침묵"했던 주체의 은밀한 폭력성을 인정한 후에 시적 주체는 스스로 질문한다. 타자를 삼켜 '나'로 "육화"시키는 폭력의 굴레를 어떻게 벗어날 것인가?

「식탁 위의 장례식」에서 그려지듯이 식탁 위에서 고기를 먹는 장면은 타자에 대한 살해를 환기하는데, 여기서 시인은 먹는 행위에 대한 전유를 감행한다. 내면의 시선을 지닌 동일성의 주체로서 타자의 목소리를 배제해 왔음을 인정할 때 먹는 행위는 폭력과 살해가 아닌 타자에게 자신을 내주는 행위로 역전되고 '나'와 타자를 규정하는 질서와 위계도 역행하기 시작한다. 타자를 살해하는 식탁은 '나'를 장례 지내는 무대가 되고, (타자를 삼킨) '나'는 "타인의 형체로" "육화"되기에 이른다. 이로써 '나'는 동일성의 주체 대신 수많은 '너'를 함축하는 복수의 주어로 형질이 전이되는 것이다.

앤티크 소품을 묵묵히 응시한 이들에게 비로소 그것이 응축한 시간과 장소들의 흔적이 감지되듯이 최형심의 시도 응시의 시간을 필요로 한다. '나'의 자리에 타자를 맞이할 때 "천 개의 눈"이 열린다는 시인의 메시지는 조금씩, 천천히, 더디게 배달되기 때문이다. 최형심의 첫 시집 『나비는, 날개로 잠을 잤다』는 시를 응시한 이들에게 무수한 타자의 눈으로 본 세계를 펼쳐 보일 것이다. 명명할 수 없었던 감각적 경험을 담은 시는 하나의 의미로 수렴되기를 거부하면서 낯설고 아름다운 장소를 연다. 현실의 질서나 주체의 시선으로부터 자유로운 '미지未知'의 장소로서의 시, 그곳으로 당신을 초대한다.

나비는, 날개로 잠을 잤다
©최형심

2020년 6월 30일 초판 1쇄 펴냄

지은이 최형심 | 펴낸이 김재범
편집 김지연 강민영 | 관리 박수연 홍희표 | 디자인 나루기획
인쇄·제책 굿에그커뮤니케이션 | 종이 한솔PNS
펴낸곳 (주)아시아 | 출판등록 2006년 1월 27일 제406-2006-000004호
주소 경기도 파주시 회동길 445(서울 사무소: 서울특별시 동작구 서달로 161-1 3층)
전화 02.821.5055 | 팩스 02.821.5057 | 홈페이지 www.bookasia.org
ISBN 979-11-5662-491-2 03810

이 도서의 국립중앙도서관 출판예정도서목록(CIP)은 서지정보유통지원시스템 홈페이지(http://
seoji.nl.go.kr)와 국가자료공동목록시스템(http://www.nl.go.kr/kolisnet)에서 이용하실 수 있
습니다.(CIP제어번호 : CIP2020025390)